2 mai 1893

Vente du Mardi 2 Mai 1893

Pour cause de départ

HOTEL DROUOT, SALLE N° 1

A 2 heures précises

RICHE MOBILIER

TABLEAUX

MODERNES ET ANCIENS

EXPOSITION PUBLIQUE

Les Dimanche 30 Avril et Lundi 1er Mai 1893, de 1 h. 1/2 à 5 h. 1/2

COMMISSAIRE-PRISEUR

Me PAUL CHEVALLIER

10, rue de la Grange-Batelière, 10

EXPERTS

M. EUGÈNE FÉRAL	M. CHARLES MANNHEIM
54, rue du Faubourg-Montmartre, 54	7, rue Saint-Georges, 7

HOMO
ADDITVS
NATVRÆ
IMPRIMERIE DE L'ART

CATALOGUE

D'UN

RICHE MOBILIER

TABLEAUX

MODERNES ET ANCIENS

Sculptures en marbre

MEUBLES D'ART

Très beau Régulateur de Janvier, dans une gaine en marqueterie et bronze
Style Louis XVI

BUREAU MONUMENTAL EN ACAJOU, DE JACOB

Jolis sièges en bois doré

BRONZES D'AMEUBLEMENT

FAIENCES, PORCELAINES, VERRERIE, PLAQUÉ

Dont la Vente, pour cause de départ, aura lieu

HOTEL DROUOT, SALLE N° 1

Le Mardi 2 Mai 1893, à 2 heures précises

COMMISSAIRE-PRISEUR

Me PAUL CHEVALLIER

10, rue de la Grange-Batelière, 10

EXPERTS

Pour les tableaux

M. Eugène FÉRAL

54, rue du Faubourg-Montmartre, 54

Pour les objets d'art

M. Charles MANNHEIM

7, rue Saint-Georges, 7

EXPOSITION PUBLIQUE

Les Dimanche 30 Avril et Lundi 1er Mai 1893, de 1 h. 1/2 à 5 h. 1/2

CONDITIONS DE LA VENTE

La vente sera faite au comptant.

Les adjudicataires paieront *cinq pour cent* en sus des enchères.

L'Exposition mettant les acquéreurs à même de se rendre compte de l'état des objets, il ne sera admis aucune réclamation une fois l'adjudication prononcée.

Paris. — Imp. de l'Art. E. Ménard et Cie, 41, rue de la Victoire.

DÉSIGNATION

TABLEAUX

MODERNES ET ANCIENS

BALTHASAR

1 — *Le Chirurgien de village.*

Bois. Haut., 35 cent.; larg., 27 cent.

BAKALOWICZ

2 — *La Leçon de tapisserie.*

Bois. Haut., 24 cent.; larg., 18 cent.

BEERSTRAATEN

3 — *L'Hiver en Hollande.*

Sur la droite, un château fort au bord d'une rivière glacée.

Au premier plan, de nombreux personnages.

Toile. Haut., 80 cent.; larg., 1 m. 14 cent.

BERNIER

4 — *La Bouquetière de Nice.*

Bois. Haut., 31 cent.; larg., 24 cent.

BISCHOFT

(D'après VAN)

5 — *La Première Neige.*

Peinture sur porcelaine de la manufacture de Dresde.

Haut., 25 cent.; larg., 19 cent.

BOUT ET BOUDEWYNS

6 — *Paysage accidenté.*

Au centre, des chasseurs sur leurs chevaux partant pour la chasse au faucon.

Fin et précieux petit tableau.

Bois. Haut., 22 cent.; larg., 26 cent.

BREDEL

(Le Chevalier)

7 — *Choc de cavalerie.*

Dans un paysage accidenté avec collines à l'horizon.

Bois. Haut., 34 cent.; larg., 44 cent.

CARL-ROSA

8 — *Bords de rivière et pâturage au second plan.*

Toile. Haut., 31 cent.; larg., 53 cent.

ELVEN

(VAN)

9 — *Un Village suisse.*

Bois. Haut., 36 cent.; larg., 46 cent.

HACKERT

10 — *Paysage avec cours d'eau et personnages au premier plan.*

Effet de soleil couchant.

Toile. Haut., 39 cent.; larg., 60 cent.

HILAIR

(Attribué à)

11 — *Paysage avec ferme sur la gauche.*

Aquarelle.

Haut., 22 cent.; larg., 30 cent.

KAUFFMANN

(D'après ANGÉLIQUE)

12 — *Portrait de jeune femme en vestale.*

Peinture sur porcelaine de la manufacture de Dresde.

Haut., 36 cent.; larg., 28 cent.

LE BRUN

(D'après Mme VIGÉE)

13 — *Portrait de l'artiste.*

Représentée assise devant son chevalet.

Toile. Haut., 69 cent.; larg., 56 cent.

LUZZI

14 — *Buffle dans la campagne de Rome.*

Toile. Haut., 53 cent.; larg., 74 cent.

METZU

(D'après)

15 — *Le Marchand de volaille.*

Peinture sur porcelaine de la manufacture de Dresde.

Haut., 27 cent.; larg., 22 cent.

MORGENSTERN

16 — *Vue du lac de Côme.*

Toile. Haut., 28 cent.; larg., 43 cent.

NEEFS

(PETER)

17 — *Intérieur d'église.*

Animé par différents personnages.

Bois. Haut., 26 cent.; larg., 36 cent.

O'CONNEL

(Mme)

18 — *Portrait de l'empereur de Russie Pierre le Grand.*

Figure de grandeur naturelle vue jusqu'aux genoux.

Toile. Haut., 1 m. 50 cent.; larg., 1 m. 17 cent.

O'CONNEL

(Mme)

(PENDANT DU PRÉCÉDENT)

19 — *Portrait de l'impératrice Catherine.*

Toile. Haut., 1 m. 50 cent.; larg., 1 m. 17 cent.

PALIZZI

20 — *Vache et chèvre.*

Sous un hangar.

Toile. Haut., 30 cent.; larg., 33 cent.

PÉCRUS

21 — *Ne touchez pas à l'oiseau.*

Bois. Haut., 32 cent.; larg., 24 cent.

POCHINTESTA

22 — *La Mauvaise Rencontre.*

Toile. Haut., 1 m. 18 cent.; larg., 1 m. 80 cent.

RICHET
(LÉON)

23 — *Environs de Fontainebleau.*

Toile. Haut., 54 cent.; larg., 72 cent.

RICHET
(LÉON)

24 — *Cours d'eau dans la forêt.*

Toile. Haut., 38 cent.,; larg., 55 cent.

RICHET
(LÉON)

25 — *Clairière dans la forêt de Fontainebleau.*

Bois. Haut., 33 cent.; larg., 45 cent.

RICHET
(LÉON)

26 — *Mare près Barbizon.*

Soleil couchant.

Bois. Haut., 30 cent.; larg., 45 cent.

ROBBE

27 — *La Sortie du troupeau.*

Les moutons sortent de la bergerie guidés par un pâtre, ils passent sur un petit pont de bois, se dirigeant vers la droite.

Œuvre importante de l'artiste.

Toile. Haut., 1 m. 60 cent.; larg., 2 m. 5 cent.

ROBBE

28 — *Vaches et taureau dans un pâturage.*

Œuvre remarquable.

Toile. Haut., 70 cent.; larg., 96 cent.

SCHALKEN

29 — *Jeune Homme soufflant un tison pour allumer une bougie.*

Effet de lumière.

Bois. Haut., 27 cent.; larg., 27 cent.

TEMPESTA

30 — *Mouton, oiseaux de basse-cour et objets divers.*

Toile. Haut., 1 m. 5 cent.; larg., 1 m. 25 cent.

TÉNIERS

(Attribué à DAVID)

31 — *Fête flamande.*

Une joyeuse compagnie est réunie devant une auberge de village; les uns, assis, prennent leur repas, les autres fument ou boivent.

Au centre, un jeune couple danse au son d'une vielle que tient un paysan debout auprès d'un arbre. A droite, un tonneau et différents ustensiles de cuisine.

Très beau tableau, d'un ton clair et argenté. Signé en toutes lettres.

TÉNIERS

(D'après D.)

32 — *Fumeurs et buveurs dans un cabaret.*

Toile. Haut., 30 cent.; larg., 22 cent.

TOULMOUCHE

33 — *Jeune Femme à sa toilette.*

Signé et daté 1889.

Toile. Haut., 88 cent.; larg., 52 cent.

TROUILLEBERT

34 — *Bateliers rangeant leurs bateaux.*

Toile. Haut., 50 cent.; larg., 60 cent.

TROUILLEBERT

35 — *Le Chemin du village.*

Toile. Haut., 38 cent.; larg., 45 cent.

VAN HAMME

36 — *Le Marchand de légumes.*

Signé à droite et daté 1862.

Bois. Haut., 62 cent.; larg., 51 cent.

VAN HAMME

(PENDANT DU PRÉCÉDENT)

37 — *La Marchande de gibier.*

Signé et daté 1862.

Bois. Haut., 62 cent.; larg., 51 cent.

WILKIE

(D'après DAVID)

38 — *Les Politiques de village.*

Peinture sur porcelaine de la manufacture de Dresde.

Haut., 23 cent.; larg., 33 cent.

YAN D'ARGENT

39 — *Arbres et animaux sur des rochers.*

Toile. Haut., 45 cent.; larg., 36 cent.

ZORG

40 — *Femme et enfants auprès de divers ustensiles de cuisine.*

Bois. Haut., 34 cent.; larg., 50 cent.

ZORG

(Genre de)

41 — *Intérieur avec soldats fumant et faisant de la musique.*

Bois. Haut., 48 cent.; larg., 62 cent.

ÉCOLE MODERNE

42 — *Enfant jouant avec un chat.*

Toile. Haut., 30 cent.; larg., 40 cent.

ÉCOLE MODERNE

43 — *Le Moulin.*

D'après Hobbema.

Bois. Haut., 61 cent.; larg., 90 cent.

OBJETS D'ART

MARBRES

44 — Marbre blanc. La Villégiature. Gracieuse statuette d'enfant, grandeur nature, par E. Del Panta, Florence, 1882. — Sur un fût cannelé à plateau tournant en marbre serpentine.

45 — Marbre blanc. Buste de fillette, la tête enveloppée d'un voile, par Madrassi.

46 — Marbre blanc. Groupe de deux figures, le Retour des champs, par Madrassi.

47 — Marbre blanc. Buste de la Vénus de Médicis, sur piédouche en marbre serpentine.

48 — Deux gaines carrées en marbre brèche d'Alep avec tablettes en onyx, surmontées de deux vases, forme Médicis, à godrons.

BRONZES D'ART

49 — Groupe en bronze par E. Delabrierre : Taureau attaqué par un tigre.

50 — Le Coup double, bronze par E. Delabrierre. Salon de 1883.

51 — Groupe en bronze, par E. Delabrierre : Bœuf, vache et veau.

52 — Cheval attaqué par une lionne, bronze par E. Delabrierre.

BRONZES D'AMEUBLEMENT

53 — Belle garniture en bronze de chez Denière, à Paris, de style Louis XVI et d'un charmant modèle d'après Clodion ; la pendule, en forme de sphère émaillée bleu, est supportée par un fût cannelé en bronze doré, entourée par les Trois Grâces, statuettes en bronze patiné, supportant des guirlandes. Les candélabres sont formés chacun d'une figure de nymphe supportant un bouquet de rinceaux à dix lumières.

54 — Pendule de style Louis XVI en bronze doré, formée d'un vase gros bleu au pied duquel sont assis deux petits amours et deux candélabres à figures d'enfants supportant des bouquets de lis à sept lumières.

55 — Garniture de cheminée en bronze de style Louis XVI, pendule fût de colonne surmontée

d'un groupe d'amours se disputant un cœur et deux candélabres à six lumières supportés par des statuettes de nymphes.

56 — Deux flambeaux.

57 — Galerie de foyer en bronze de la Restauration.

58 — Petit lustre en bronze à vingt-quatre lumières disposées en bouquets séparés et surmontés de palmes garnies de pendeloques en cristal taillé.

59 — Deux appliques à cinq lumières chaque, avec pendeloques en cristal, allant avec le lustre qui précède.

60 — Lustre de salon en bronze à vingt-quatre lumières, garni de cristaux.

61 — Deux lampes modérateurs en bronze doré de style chinois, montées sur bouteilles, à fond céladoné et décor en émail blanc de chez Gagneau.

62 — Deux chenets avec galerie en cuivre de style Renaissance.

63 — Deux lampes à gaz, en bronze de style Louis XV, montées sur vases en porcelaine de Chine, émaillée en couleur.

64 — Pelle, pincettes, tisonnier, balai, soufflet et plateau triangulaire.

65 — Pincettes.

66 — Paire de chenets en bronze à figures d'enfants musiciens, assis sur des rinceaux feuillus, style Louis XV (avec les fers).

67 — Suspension de salle à manger avec lampe modérateur et trois appliques à lumières.

68 — Écran de foyer en bronze, avec feuille en éventail.

69 — Lampe anglaise à pétrole, élevée sur pied formé de feuillages en cuivre poli et découpé.

70 — Lampe sphérique et cannelée supportée par un trépied de style antique, en bronze oxydé au vieil argent, avec son abat-jour.

71 — Miroir de toilette dans un encadrement de style Louis XV en bronze.

72 — Deux chenets bronze, modèle pampres.

73 — Deux bras de mur en bronze doré à cinq lumières chaque, style de la Restauration.

74 — Veilleuse verre bleu, montée en bronze et bras de mur pour la suspendre.

75 — Lampe à gaz et sa suspension en cuivre argenté.

76 — Deux becs à gaz avec réchauds.

MEUBLES

77 — Grand bureau, de *Jacob*, d'aspect monumental, en acajou garni de cuivres, moulures, baguettes et ornements. Le corps supérieur, en retrait, ouvre à quatre portes ornées de peintures sur verre, sujets mythologiques, séparées par des colonnes détachées supportant un entablement que surmonte une galerie de balustres. Le milieu du meuble forme bureau à l'aide d'un abattant à colonnes détachées. Le corps inférieur, à portes pleines sur les côtés et tiroirs superposés dans l'entre deux, est supporté par six pieds cannelés. L'intérieur est divisé en casiers et nombreux tiroirs à secrets.

78 — Magnifique régulateur astronomique de Janvier, comprenant dix cadrans en émail reliés par des plaquettes en émail bleu étoilé d'or avec au centre une peinture représentant l'Astronomie ; les dix cadrans sont enchâssés dans des cercles de bronze doré à perles. Le mouvement est placé dans une gaine de style Louis XVI, marqueterie de bois de couleurs à quadrillés, richement garni d'appliques en bronze ciselé et doré, mascarons, chutes et retombées de fleurs et de feuillages, acanthes, volutes, rais de cœur, perles et oves. — Un vase enguirlandé en bronze, surmonte cette pièce qui est supportée par des pieds à griffes,

élevés sur un socle à ressauts, également en marqueterie avec bronzes analogues.

Pièce remarquable indiquant les années, les heures des diverses parties du monde, les dates, les jours, les mois, les saisons, les décades, les levers de soleil et de la lune, les années bissextiles.

79 — Table en noyer sculpté et d'une riche ornementation : ceinture à fleurons, rinceaux et canaux, portant sur deux piliers cannelés accostés de consoles supportées par des statuettes d'enfants assis tenant des guirlandes ; les patins sont reliés par un croisillon orné, au milieu duquel est placé un vase. A figuré à l'Exposition de 1867 et obtenu une médaille d'or.

80 — Un grand canapé et six fauteuils en noyer sculpté à figurines et cariatides d'enfants supportant les dossiers et les accoudoirs ; des aigles et des vases de fleurs surmontent les dossiers ; l'ornementation est compliquée. Ces sièges sont recouverts en tissu à fond noir, imitant le point Louis XIII ; ils sont de même travail que la table qui précède.

81 — Secrétaire Louis XVI, en acajou, cantonné de colonnettes cannelées ; un grand médaillon en bronze jeux d'enfants est rapporté sur l'abattant, deux rosaces aussi en bronze ornent les vantaux inférieurs. Dessus de marbre blanc.

82 — Belle armoire à quatre vantaux pleins en acajou enrichis de moulures, d'encadrements, de guirlandes, de rinceaux et de festons fleuris en bronze doré. C'est la reproduction d'un meuble du Ministère des Finances.

83 — Paravent à quatre feuilles ; monture italienne en bois noir et noyer, décoré d'incrustations d'ivoire et d'étain, genre certosine.,

84 — Grande armoire flamande du XVIIe siècle, d'ordonnance architecturale, ouvrant à deux portes à caissons moulurés, encadrées de colonnes engagées d'ordre corinthien supportant un entablement à nombreuses moulures. Sous les portes décorées intérieurement en marqueterie de bois clair, de figures et de fleurs, sont placés deux tiroirs.

85 — Entredeux de style Louis XVI, bois des Iles et marqueterie à quadrillés ; il ouvre à l'aide d'une porte pleine, décorée d'un trophée d'instruments de musique ; aux angles, des colonnettes détachées supportant des bustes en bronze. Dessus de marbre blanc.

86 — Petite table carrée en acajou, de style Louis XVI, à ceinture décorée de rinceaux et de feuillages en bronze ciselé et doré ; les pieds sont reliés par quatre branches convergeant vers une pomme d'amortissement. Dessus en marbre bordé d'une galerie de cuivre.

87 — Table de style Louis XVI, en bois des Iles et marqueterie de quadrillés, garnie de cuivres et supportée par quatre pieds cannelés reliés par des traverses entrecroisées supportant un vase en bronze. — Une tablette mobile en peluche feu est posée sur cette table.

88 — Table à décor de grecques découpées à jour et d'ornements gravés en creux ; elle est enrichie d'incrustations de nacre, de plaquettes, de têtes chimériques et d'un dragon en bronze.

89 — Table recouverte en peluche verte et rouge avec galons métalliques ; un beau tapis turc, à glands, est tendu sur la tablette.

90 — Table à jeu de style Louis XVI, garnie d'appliques et de perles en cuivre.

91 — Table à ouvrage de style Louis XVI, en bois des Iles et marqueterie, à décor d'attributs et de festons. Intérieur en palissandre avec glace.

92 — Entredeux de forme contournée en bois rose et marqueterie à trophées d'instruments de musique et guirlandes de fleurs, garni de bronzes dorés, et à dessus de marbre blanc.

93 — Piano droit d'Érard, n° 60211, en bois noir et gravé, à arabesques et attributs de style Louis XVI.

94 — Tabouret de piano bois noir, garni en tapisserie au point.

95 — Tabouret de piano à pieds cannelés et croisillon en bois noir garni en velours.

96 — Casier à partitions, modèle bambou bois noir et or.

97 — Vitrine à hauteur d'appui, en largeur, en bois sculpté et doré de style Louis XVI, garnie de glaces sur le dessus et sur les trois faces. A l'intérieur, une tablette en glace porte sur un support en fer. Socle en moquette.

98 — Deux torchères formées de statuettes de divinités égyptiennes debout sur des socles triangulaires, en bois sculpté et doré.

99 — Deux petites consoles en bois sculpté et doré, de style Louis XVI, à quatre pieds reliés par des traverses surmontées d'un vase. Dessus de marbre blanc.

100 — Console d'encoignure en bois sculpté et doré de style Louis XIV, riche modèle à coquille, rinceaux, fleurs et feuillages; la ceinture est quadrillée et découpée à jour. Tablette en marbre blanc.

101 — Deux consoles-appliques en bois doré à tablettes contournées, supportées par un dragon à quatre griffes.

102 — Deux supports cylindriques revêtus de peluche rouge feu et garnis de franges de soie rouge et verte.

103 — Tablette de cheminée avec lambrequin en peluche, décoré de bouquets Louis XIII brodés en soies multicolores avec rehauts de fils d'argent.

104 — Support-guéridon en bois noir à ornements gravés en creux et dorés.

105 — Table liseuse, de forme ronde et à casiers tournants, en bois gravé et découpé, de style chinois. Dessus en marbre onyx.

106 — Support à quatre pieds contournés, en bois noir gravé, de style chinois.

107 — Support carré, de style chinois, en bois noir, à quatre pieds reliés par des grecques découpées à jour. Dessus en marbre griotte.

108 — Support en forme de selle-trépied, à plateau tournant, recouvert de peluche rouge et orné de galons d'argent.

109 — Deux selles à plateaux tournants, recouvertes en peluche bleu paon.

110 — Tabouret-support chinois, de forme carrée, en bois dur sculpté, pieds à têtes chimériques; dessus en pierre de lard.

111 — Tabouret carré, support, à ornementation chinoise en bois noir sculpté et à dessus de marbre.

112 — Table de salle à manger, en noyer, supportée par un balustre et par quatre pieds cannelés (cinq allonges).

113 — Console-étagère à découper, en vieux chêne sculpté, avec tablettes d'entrejambes dans des pieds tors.

114 — Bibliothèque à hauteur d'appui, en bois de noyer mouluré et ciré, ouvrant à quatre portes, garnies de glaces à biseau, surmontées d'un rang de tiroirs.

115 — Portemanteau en chêne décoré de panneaux à feuillages et enroulements gravés et sculptés.

116 — Deux consoles-appliques en bois sculpté à figurines d'amours abritées sous des niches.

117 — Deux banquettes d'antichambre en bois sculpté, à dossiers, recouvertes en velours de lin.

118 — Lit en bois sculpté et doré avec chevet à mascaron, fleurs et rinceaux Louis XV, pourtour à godrons, pieds carrés à feuillages ; il est garni en soie crème imprimé (sommier, matelas, traversin, oreiller), de chez Roudillon. Socle en moquette, ciel de lit soie bleue.

119 — Table de nuit, de forme ronde, sur pieds arqués, de forme Louis XV, en bois rose et marqueterie à fleurs et attributs.

120 — Petite table de style Louis XIII incrustée d'écaille, de filets et de plaquettes en ivoire gravé, sur pieds tors à entretoise.

121 — Deux petites armoires-appliques munies de tablettes mobiles, en acajou.

122 — Beau secrétaire-chiffonnier en acajou, garni de baguettes à perles et d'entrées en bronze doré ; montants à cannelures rudentées. Dessus en marbre brocatelle entouré d'une galerie.

123 — Table de toilette garnie de dentelle sur soie bleue.

124 — Secrétaire-chiffonnier en bois rose, bois noir et marqueterie à bouquets de fleurs, garni de cuivre et à dessus de marbre blanc.

125 — Meuble de chambre à coucher en palissandre et bois rose : armoire à glace, table de nuit chiffonnier et un grand lit avec sommier, deux matelas, deux traversins et deux oreillers.

126 — Glace biseautée en hauteur dans un cadre doré à perles et rais de cœur, surmonté d'un motif à guirlandes.

127 — Grande glace-psyché à cadre et montants cannelés bois noir avec appliques en bronze.

128 — Toilette à dessus de marbre blanc et une glace dans un cadre de velours et dentelle d'argent.

129 — Commode-toilette en thuya et palissandre.

130 — Table de nuit à volets palissandre et bois rose.

131 — Grand lit en cretonne, sommier, deux matelas, un oreiller.

132 — Bureau à cylindre en acajou garni de baguettes en cuivre poli, entrées, poignées, pieds cannelés.

133 — Meuble américain tournant sur pivot à portes et tiroirs.

134 — Coffre de sûreté en fer.

135 — Deux armoires montées sur consoles en bois d'acajou.

136 — Deux servantes-étagères en bois noir incrustées de cuivre et d'étain.

137 — Guéridon à pied en bois doré et dessus en broderie de perles.

138 — Bibliothèque à hauteur d'appui, en acajou.

139 — Grand chiffonnier en acajou.

140 — Toilette en chêne avec dessus à étagère en marbre blanc.

141 — Grande armoire en sapin.

142 — Grande armoire en sapin verni à quatre portes.

143 — Tablette de cheminée en peluche cramoisie ornée d'une bande en ancienne dentelle d'argent.

144 — Tablette de cheminée en peluche grise avec bande en tapisserie à la main.

SIÈGES

145 — Canapé en bois sculpté et doré, d'un charmant modèle Louis XVI à guirlandes de fleurs, rais de cœur, rosaces, perles, feuillages, pieds et supports d'accoudoirs en torsade ; il est recouvert en soie gris perle rayée à semis de fleurettes brodées au point de chainette. Ce meuble sort de la maison Leys.

146 — Beau canapé en bois sculpté et doré de style Louis XVI à guirlandes de roses, perles, acanthes

et cordons de piastres. Un médaillon peint, les attributs de l'amour, dans une couronne de roses, surmonte le dossier. Ce canapé est garni de satin crème sur lequel ont été réappliqués de magnifiques bouquets en soies de couleurs : broderies de l'époque Louis XV ; de chez Leys.

147 — Deux jolis tabourets X en bois sculpté et doré, de style Louis XVI, avec sièges garnis en satin brodé en soies de couleurs au point de chaînette, à décor oriental, de chez Leys.

148 — Banquette Louis XVI à ceinture contournée supportée par six pieds cannelés reliés par des croisillons, en bois doré, avec siège en brocart à dessin Louis XV, de chez Leys.

149 — Fauteuil en bois sculpté et doré de jolie forme et d'une gracieuse ornementation composée de rocailles, de rinceaux et de festons de fleurs, dans le style Louis XV ; il est recouvert de lampas broché à bouquets en couleurs et rubans ondulés. Il sort de la maison Leys.

150 — Petit fauteuil de forme et d'ornementation Louis XV en bois doré à motifs de rocaille, fleurettes et feuilles ; il est recouvert en velours à reliefs en plusieurs tons sur fond crème. De chez Leys.

151 — Siège de fantaisie, à double dossier recourbé

et à volutes, en bois doré à rais de cœur style Louis XVI ; il est recouvert en peluche avec bandes en broderies sur satin et velours. De chez Duval.

152 — Grand et beau fauteuil carré couvert en lampas à dessin Louis XV sur fond crème, et en velours de soie vert, disposé en torsade aux accoudoirs. De chez Leys.

153 — Fauteuil confortable, recouvert en satin capitonné, à dessin Louis XVI bouquets et guirlandes orangés sur fond de satin gris perle et garnis d'un parement de velours grenat orné d'application et broderie. Il sort de chez Leys.

154 — Chaise-longue capitonnée en brocart à dessin Louis XV de gros bouquets en couleurs sur fond crème damassé. Extérieur en peluche.

155 — Deux fauteuils confortables capitonnés en satin broché en couleur dessin Louis XV, à branches de roses et rubans ondulés.

156 — Deux fauteuils bas et deux fumeuses, capitonnés en lampas broché à gros bouquets sur fond rouge.

157 — Deux pliants à dossiers, modèle bambou en bois doré, avec sièges en satin broché à fleurettes.

158 — Deux chaises légères, modèle bambou en bois doré, recouvertes en lampas.

159 — Quatre chaises italiennes légères, en bois doré, garnies en paille et munies de coussins mobiles en damas.

160 — Deux chaises légères en bois doré, rechampi noir et rouge, siège et médaillon de dossier en satin noir broché à corbeilles et papillons.

161 — Quatre chaises en bois sculpté et doré, dossiers à barreaux surmontés de boules, couvertes en étoffes variées.

162 — Trois chaises légères, modèle bambou en bois doré, avec sièges en étoffes variées de nuances et brochées en couleurs. De chez Leys.

163 — Grand fauteuil américain, à bascule en osier tressé.

164 — Deux divans à dossiers droits capitonnés en étoffe brochée de couleurs claires, oiseaux et fleurs, garni de franges de soie.

165 — Deux poufs tapisserie à la main et franges.

166 — Deux fauteuils vieux chêne, garnis en velours.

167 — Deux chaises légères, italiennes, bois doré.

168 — Fauteuil pliant bambou noir et or, couvert en peluche bleue.

169 — Fauteuil à bascule en bois courbé et noirci, couvert en lampas capitonné et broché à fleurs.

170 — Canapé carré recouvert en étoffe brochée à bouquets sur fond crème, extérieur en peluche, franges à grilles. De chez Roudillon.

171 — Canapé d'encoignure, deux chaises et tabouret de pied en velours avec franges.

172 — Deux banquettes, même velours.

173 — Fauteuil de bureau couvert en maroquin.

174 — Fauteuil bois noir courbé foncé de canne.

175 — Dix chaises légères italiennes en bois clair, barreaux fuselés et tournés.

176 — Chaise bambou en canne dorée.

177 — Deux chaises de bureau, américaines.

178 — Deux fauteuils recouverts en cretonne imprimée.

179 — Deux chaises fumeuses recouvertes en tapisserie à la main.

PORCELAINES, OBJETS DIVERS

180 — Deux très grands vases ovoïdes en porcelaine émaillée gros bleu, relevée d'or et décorée sur une face de médaillons, scènes d'intérieur d'après Greuze, et sur l'autre de médaillons à paysages ; ces vases tournent sur leurs piédouches et sont garnis d'une monture de bronze.

181 — Deux grands vases de forme allongée et à cols évasés en porcelaine décorée en émaux de couleurs : médaillons à personnages en des encadrements de fleurs ressortant sur fond bleu. Japon.

182 — Garniture de cinq pièces : trois potiches couvertes et deux cornets à décor de style japonais bleu, rouge et or, bouquets et draperies.

183 — Jardinière en faïence émaillée sur pieds griffons et son plateau.

184 — Huit vases à fleurs, faïence artistique et terre cuite.

185 — Chien en biscuit décoré au naturel.

186 — Deux vases-gourdes à anses en grès gris relevé d'émail bleu.

187 — Deux grands vases, sur piédouches en faïence genre Nevers, décorés de vues de villages en camaïeu bleu.

188 — Vase-rouleau (porte-cannes), en porcelaine du Japon.

189 — Grand plat rond en porcelaine du Japon, émaillée rouge et à bords ajourés.

190 — Jardinière semi-ovoïde en émail cloisonné de la Chine, à décor de poissons sur les flots, de plantes aquatiques, d'insectes, sur fond rouge.

191 — Tableau chinois, peinture sur verre représentant une scène familière, placée dans un cadre en bois de fer sculpté.

192 — Deux portières japonaises.

193 — Deux vases indiens formant flambeaux, en métal noir avec incrustations.

194 — Deux flambeaux en bronze, de la Restauration.

195 — Pendule-borne en marbre noir.

196 — Pendule en bois sculpté figurant des oiseaux perchés sur un chêne.

197 — Deux vitrines rectangulaires, sur socle en bois noir.

198 — Ancien baromètre en acajou.

199 — Baromètre en verre.

200 — Deux têtes de chevreuil naturalisées et une paire de cornes de cerf.

VERRERIE, PLAQUÉ, ETC.

201 — Douze carafes et trente-sept verres à pied en cristal taillé à facettes, avec chiffre gravé.

202 — Six carafes avec bouchons à facettes ; douze coupes à champagne en cristal taillé, douze verres à vin taillés couleur rubis ; vingt-trois autres incolores et à facettes, six verres à pied unis.

203 — Verrerie. Vingt-trois pièces diverses, carafe, flacons, verres.

204 — Lot de globes, verres de lampes et abat-jour, servantes, bobèches, vases en porcelaine, cabaret incomplet, à fond jaune.

205 — Service de table en porcelaine à filets et chiffre doré d'environ quatre-vingt-dix pièces.

206 — Service à thé, quatre pièces à côtes en spirale, en ruolz.

207 — Trois pièces ruolz, théière, pot à crème et sucrier.

208 — Ruolz. Louche, six cuillères et six fourchettes de table, deux cuillères à café, brosse et plateau à miettes, deux salières.

209 — Six couteaux de table, un service à découper, trois couteaux à dessert à manches d'ivoire, un couvert à salade, une boite à thé, une lampe à deux becs.

210 — Plateau en ruolz.

211 — Plateau faïence avec cadre en bois.

www.ingramcontent.com/pod-product-compliance
Ingram Content Group UK Ltd.
Pitfield, Milton Keynes, MK11 3LW, UK
UKHW020509180726
13839UKWH00004B/1997